À Mathis et Laurana,
malicieusement
Alain Serres

À mes parents,
tendrement
Claude K. Dubois

Loi numéro 49 956 du 16 juillet 1949 sur les publications
destinées à la jeunesse : janvier 1992
Dépôt légal : janvier 1992
Imprimé en France par Tardy-Quercy S.A. à Bourges
Numéro d'imprimeur : 16 950

Alain Serres

Puni-Cagibi !

Illustrations de Claude K. Dubois

Pastel
lutin poche de l'école des loisirs
11, rue de Sèvres, Paris 6e

Le cagibi était une pièce sombre, entre la chambre
et la salle à manger.
On n'y entrait presque jamais.

Quel bric-à-brac là-dedans ! Des monticules d'objets
entassés ! Une roue de vélo. Une cage sans oiseau.
Un vieux clairon. Et toutes les affaires de l'oncle Raymond…
On trouvait même dans le cagibi le petit Simon,
chaque fois qu'il faisait une bêtise plus grosse que lui.

Quand Simon vidait toute une bouteille d'eau minérale
dans un petit verre de sa dînette, sa maman criait :
« Simon ! Puni-cagibi ! »
Et Simon filait dans la petite pièce.

Quand Simon nettoyait les dents de son cochon d'Inde
avec la brosse de son papa, on entendait aussitôt
le papa ordonner : « Puni-cagibi ! »
Et Simon courait vers le cagibi. Si le cochon d'Inde
avait su parler, sûrement on l'aurait aussi entendu crier :
« Puni-cagibi ! »

Ah ! La belle punition !
Un véritable bonheur
pour Simon !
Tranquillement,
sans être dérangé,
il pouvait jouer du clairon
avec une pompe à vélo.

Dans son cagibi, Simon se déguisait aussi en oncle Raymond
pour chasser les araignées avec un vieux soufflet percé.

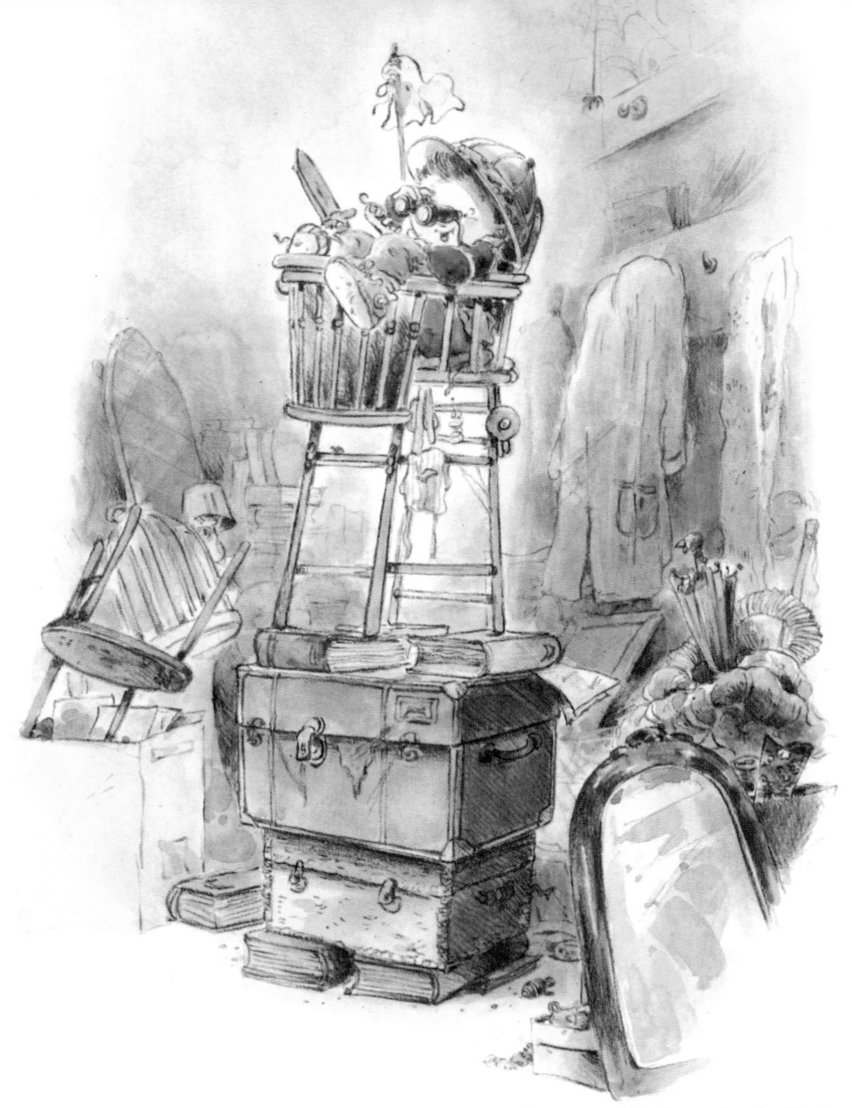

En empilant deux malles et son ancienne chaise de bébé, il pouvait décrocher une paire de jumelles et bien regarder les énormes dents de son peigne.

Le cagibi était pour Simon une formidable
cour de récréation au beau milieu de sa maison.
Alors, bien sûr, il s'arrangait pour y aller
le plus souvent possible !

Le matin, quand il se réveillait, il se demandait aussitôt :
« Quelle bêtise vais-je pouvoir faire aujourd'hui pour être puni-cagibi ? »
Comme il était très entraîné,
il trouvait rapidement
une solution.
Et hop ! La lessive de
tous ses vêtement d'été,
avec du sucre vanillé
pour que ça brille !
Et hop ! Simon, puni-cagibi !

Pour y aller plus vite, il disait même parfois à sa maman :
« Je crois que je vais faire une grosse bêtise,
est-ce que je peux aller au cagibi ? »
« Oui, immédiatement, vilain garçon ! Puni-cagibi ! »

Et Simon se précipitait dans la petite pièce.
Il enfilait le pantalon de son oncle, pour naviguer
à califourchon sur une machine à coudre,
très loin de Cagibi-city.

Les parents de Simon finirent par se demander pourquoi
ce cagibi attirait ainsi leur fils. Pour en avoir le cœur net,
ils s'enfermèrent un soir dans la pièce obscure.
Les premières bouffées de poussière leur picotèrent sévèrement
les narines. À peine furent-ils assis sur la malle, que
des araignées les firent grelotter de peur ! Et au bout de
cinq minutes, comme ils s'ennuyaient terriblement,
ils préférèrent quitter cet horrible placard !

Dans leur lit, les parents discutèrent longuement
de cette affaire. Le papa disait :
« Ce cagibi est vraiment trop effrayant, mon amour. »
Et la maman répondait : « Il ne faut plus enfermer
notre petit Simon ! Pauvre Simon ! »
Ils finirent par conclure : « Ah non, plus jamais de Simon
puni-cagibi ! »

Le lendemain matin, Simon se réveilla et renversa aussitôt la gamelle du chat pour mériter sa punition préférée.

Sa maman se précipita vers lui et cria :
« Vilain Simon ! Puni-salon ! »
Simon alla donc s'asseoir dans un coin du salon.

Comme il trouvait cela vraiment injuste, il commença sans tarder à éplucher la grande plante derrière laquelle il se cachait.

Sa maman accourut et cria encore plus fort :
« Petit vilain ! Puni-salle de bain ! »

Simon s'agenouilla tout près de la baignoire et,
ne sachant pas quoi faire de ses dix doigts,
ouvrit au maximum les robinets.
Au bout d'un moment, tout débordait ! Une bêtise
plus grande que l'océan !

Son papa et sa maman crièrent ensemble en brandissant un seau et une serpillière : « Ah ! mais qu'est-ce qu'il a dans son horrible tête ? Puni-toilettes ! »

Simon tambourina si fort contre la porte des WC,
que les étagères se décrochèrent. Le tableau de photos
s'effondra et tous les bibelots décorant le mur du couloir
s'étalèrent sur le sol comme un puzzle
de deux cents pièces.

« Cette fois, c'en est trop », décidèrent les parents.
« Tant pis pour lui ! Puni-cagibi ! » Simon se retrouva
ainsi enfermé dans son petit cagibi chéri.
Malles, roue, cage sans oiseau, clairon… quel plaisir
de retrouver ses compagnons !

Il grimpa sur un vieux
poste de télévision,
mit un casque de pilote
et lança d'une voix nasillarde :
« Capitaine Simon,
décollage dans
vingt secondes pour
le pays de l'oncle Raymond !
Vérification des portes !
Attachez vos ceintures !
Attention au départ !
6-5-4-3-2-1-0 !
Feu ! »

Simon fit un très long voyage,
par-dessus des montagnes
d'objets extraordinaires…

Et pendant ce temps, son papa et sa maman
savouraient tranquillement une délicieuse tasse
de thé à la framboise en pensant :
« Ce cagibi, quelle merveilleuse invention ! Vraiment ! »